하늘과 바람과 별과 시

天空、風、星星和詩

尹東柱 著
盧鴻金 譯

目錄

卷三　夜

卷四　八福

卷五　山鳴

序詩

直到死去的那一天
讓我仰望天空
心中沒有一絲愧疚
即便是樹葉上輕拂過的微風
也讓我心痛
我要以詠唱繁星的心懷
去愛正在死去的一切
也要走上
指定給我的道路

今夜繁星依然在風中閃耀

（一九四一年十一月二十日）

卷一 天空、風、星星和詩

自畫像

轉過山嵎，獨自尋找田邊偏僻的水井，靜靜地注視井裡。

井裡月色明亮，雲彩流動，天空鋪展開來，吹著蔚藍的風，井裡有秋天。

還有一個男人。
不知為何，那個男人看起來令人厭惡，於是轉身離開。

轉身離去不久再次思量，又覺得那男人可憐。折返回來注視，男人還在原地。

再次覺得那男人令人厭惡而轉身離開，轉身離去後再次思量，又懷念起那男人。

井裡月色明亮，雲彩流動，天空鋪展開來，吹著蔚藍的風，井裡有秋天，還有一個如回憶般的男人。

（一九三九年九月）

少年

如同楓葉般的悲傷秋天四處落下，每片楓葉掉落空出的地方都在預備春天，樹枝上天空鋪陳。如果想靜靜地仰望天空，眉毛就會染上藍色的顏料。用雙手撫摸溫暖的臉頰，手掌上也會沾上藍色的顏料。再次端詳手掌，手紋裡流淌著清澈的江水，流淌著清澈的江水，江水中浮現像愛情一樣悲傷的臉——美麗的順伊的臉龐。少年恍惚地閉上眼睛，但清澈的江水依然流淌，像愛情一樣悲傷的臉——美麗的順伊的臉龐依然浮現。

（一九三九年）

下雪的地圖

在順伊離開的早晨，鵝毛大雪飄落。如同我無法言喻的心情，雪花悲傷地覆蓋在窗外無盡蔓延的地圖上。

環顧房間才發現什麼都沒有留下。牆壁和天花板是白色的，難道連屋內也下起雪來？妳真的像逝去的歷史一樣翩翩遠行了嗎？我在妳臨走前寫下了要告訴妳的話，卻不知道妳要去的地方，哪條街道、哪個村莊、哪個屋簷下面，難道妳只留在我的心中？白雪不停地覆蓋在妳留下的小腳印上，讓我無法跟隨妳的足跡。在積雪融化後，妳的每一個腳印都會開花。我會從花叢間尋找妳的腳印，一年十二個月，我的心中都會飄雪。

（一九四一年三月十二日）

歸來的夜晚

就像從人世間歸來一樣，此刻回到我狹窄的房間裡，熄燈。開著燈是一件令人非常疲憊的事情，因為那是白天的延長——

現在應該打開窗戶透透氣了，但是靜靜地凝視窗外，就像房間裡一樣黑暗，如同人世間一般，方才淋雨走回來的路，依舊在雨中濕漉著。

無法洗刷一天的鬱憤，靜靜地閉上眼睛，就會聽見流向內心的聲音。此刻，思緒像蘋果一樣，在不知不覺中自然成熟。

（一九四一年六月）

醫院

那女子起身，把衣襟整理好，在花壇裡摘了一朵金盞花別在胸前，然後走進病房，消失在視野中。我在那女子躺過的地方躺了下來，盼望她，也盼望自己能早日康復。

年輕女子用杏樹蔭遮住臉龐，躺在醫院後院，白衣下襬露出白皙的腿，進行著日光浴。直到太陽西斜，一整天沒有任何人來看望這個胸痛的女人，連一隻蝴蝶也沒有飛過，甚至沒有一絲微風輕拂過毫不悲傷的杏樹枝。

我長久忍受著莫名的痛苦，第一次來到這裡。但是我的老醫生不懂年輕人的病，對我說我沒病。這過度的試煉，這過度的疲勞，但我卻不能生氣。

女子從座位上起身，整理好衣襟，在花壇上摘下一朵金盞花，別在胸前，然後消失在病房方向。我躺在她躺過的位置上，希望那個女人快點恢復——不，我希望我也能儘快恢復健康。

（一九四〇年十二月）

新路

越過小溪 走向樹林
翻過山嶺 走向村子

昨天也曾走過 今天也要走的
我的路 新的路

蒲公英盛開 喜鵲飛翔
姑娘經過 微風揚起
我的路總是嶄新的路

今天也是……明天也是……

越過小溪 走向樹林

翻過山嶺 走向村子

（一九三八年五月十日）

沒有招牌的街道

走出車站站台時
沒有一個認識的人

大家都只是過客
只有像過客一樣的人

家家戶戶都沒有招牌
但也不愁找不到自己的家

沒有紅色、

藍色、
也沒有霓虹燈的文字

每個角落
都亮著慈愛的
舊瓦斯燈

握住手就知道
都是，善良的人
都是，善良的人

春、夏、秋、冬
按著順序流轉

（一九四一年）

太初之晨

不是春天的早晨
也不是夏天、秋天、冬天的早晨
只是那樣的一個早晨

紅花盛開
陽光明媚

前一天晚上
前一天晚上
一切都已準備妥當

愛情和蛇一起
毒和幼小的花朵一起

又一個太初之晨

皚皚白雪覆蓋
電線杆嗚嗚響著
傳來了上帝的話語

究竟是什麼啟示呢？

趕快
在春天降臨之時
犯下罪行
眼睛

明亮
夏娃經歷生產的苦痛
用無花果的葉子遮住羞處
我的額頭也該流汗了

（一九四一年五月三十一日）

直到黎明來臨

請給所有即將死去的人
穿上黑衣

請給所有還活著的人
穿上白衣

然後讓他們
並排睡在一張床上

如果他們哭泣

就餵他們奶吧
如果黎明到來
就會聽到傳來的號角聲

（一九四一年五月）

可怕的時間

是誰在呼喚我？

枯葉樹枝成蔭
我這裡還一息尚存
對於從未舉過手的我
連舉手表現的空間都沒有的我
何處有一個容納我身軀的空間
呼喚著我

在我結束工作後死去的那個清晨
不覺悲傷的枯葉將會凋落……
請不要呼喚我

（一九四一年二月七日）

十字架

追逐而來的陽光
此刻懸掛在
教堂頂端的十字架上

尖塔那麼高
怎麼上得去呢。

還沒有聽見鐘聲
只是吹著口哨晃來晃去，

如果十字架允許
讓那痛苦的男人
和幸福的
耶穌基督一樣

垂下脖頸
讓鮮血像綻放的花一樣
靜靜地流淌在
黑暗的天空下

（一九四一年五月三十一日）

風在吹

風從哪裡吹來
又吹往何處？

風在吹
但我的痛苦卻沒有理由
我的痛苦真的沒有理由嗎？
我沒有愛上任何一個女人
也不曾為這個時代感到悲傷

風一直吹著
我的腳站在磐石上
江水一直流著
我的腳站在山坡上

（一九四一年六月二日）

悲傷的族群

白色毛巾包裹著黑髮
白色膠鞋套在粗糙的腳上
白色上衣裙子遮住悲傷的身軀
白色帶子緊緊綁住細腰

（一九三八年九月）

閉上眼睛走吧

思慕太陽的孩子們
熱愛星星的孩子們

天黑了
閉上眼睛走吧

行走的路上
播撒擁有的種子

如果石頭絆到腳尖

就猛地睜開閉著的眼睛吧

（一九四一年五月三十一日）

另一個故鄉

回到故鄉的那個夜晚
我的白骨跟隨著我躺在同一個房間裡

黑暗的房間通向宇宙
從天空吹來如同天籟一般的風

黑暗中流淚端詳著
美麗風化的白骨
是我在哭嗎
還是白骨在哭

或者是美麗的靈魂在哭
志節高超的狗
向著黑暗通宵狂吠
狂吠黑暗的狗
應該是想把我趕走
走吧 走吧
像被驅趕的人一樣走吧
不讓白骨知曉
去往另一個美好的故鄉

（一九四一年九月）

路

丟了
不知道是在哪裡、丟了什麼
雙手在口袋裡摸索
久遠地走著

石頭、石頭、石頭接連不斷
道路沿著石牆延伸

石牆上鐵門緊閉
在路上投下長長的影子

道路從清晨通往夜晚
又從夜晚通往清晨

摸索著石牆淚流
仰望藍得讓人慚愧的天空

之所以走在這寸草不生的路上
是因為我還留在石牆的另一側

我活著
只是為了尋找丟失的東西

（一九四一年九月三十日）

數星星的夜晚

季節流逝的天空
裝滿了秋天

我無憂無慮
似乎能數盡秋天裡所有的星星

那一顆顆刻在心裡的星星
之所以至今也數算不清
是因為清晨總是很快到來
是因為明天還有夜晚存留

是因為我的青春還沒有結束

一顆星星關於回憶
一顆星星關於愛情
一顆星星關於孤獨
一顆星星關於憧憬
一顆星星關於詩
一顆星星關於媽媽，媽媽

媽媽，我想對每顆星星都說上一句美好的話。小學的時候一起使用同一張書桌的孩子的名字，叫佩、京、玉的這種異國少女的名字，還有那些早已成為母親的女孩的名字，窮困的鄰居們的名字。還有鴿子、小狗、兔子、騾子、野鹿，還有「弗朗西斯・雅姆」、「賴內・馬利亞・里克爾」這些詩人的名字，我都要呼喚一次。

他們現在都離我太遠

猶如渺遠的星星

而且媽媽
您也住在那麼遙遠的北間島

在這落滿燦爛星光的山坡上
也不知道我是在思念誰
我寫下自己的名字
再用泥土覆蓋

那些蟲子之所以徹夜哭泣
是因為牠們為自己羞愧的名字感到傷心

但是當冬天過去，春天也來到我的星星之時
正如墳墓上會長出青綠的草叢一樣

在那覆蓋我名字的山坡上
一定會競相長出茂盛的青草

（一九四一年十一月五日）

卷二　白色的影子

白色的影子

在暮色漸濃的路口
讓萎靡了一整天的耳朵
聆聽夜幕降臨的腳步聲

是否因為我曾經足夠聰明
才能聽見這樣的腳步聲？

此刻，在愚鈍地領悟一切後
將內心深處
那些長久以來痛苦的無數個我

一個、兩個地，都送回自己的故鄉
正如同無聲消失在街角黑暗處的
白色影子

白色的影子
那些令人依戀的白色影子

在我把所有的一切都送走之後
悵然地繞過後巷
回到我如黃昏般染著暮色的房間

如同信念深刻、持重的羊一般
終日只是安心地啃食青草

（一九四二年四月十四日）

可愛的回憶

春天到來的早晨，在首爾一個小小的車站，像等候希望和愛情一樣等候火車。

我在月台上投下艱辛的影子，抽著菸。

我的影子放飛香菸煙霧的影子，
一群鴿子毫不羞愧地飛過
陽光照耀在翅膀裡、翅膀裡、翅膀裡。

火車沒有帶來任何新的消息

只把我載向遠方。

春天已逝——在東京郊外某個安靜的寄宿房，像希望和愛情一樣，思念
留在古老街道上的我。

今天不知駛過多少趟毫無意義經過的火車，
今天我也依然不知等待著誰，在車站的陡坡上不停徘徊。

——啊，青春就在那裡長久停留吧！

（一九四二年五月十三日）

流動的街道

朦朧的霧氣流動，街道也在流動。那些電車、汽車以及所有的輪子都流到哪裡去呢？沒有任何可停泊的港口，載著眾多可憐的人，被霧氣淹沒的街道。

如果抓住街道轉角處的紅色郵筒站著，所有的一切都在流動的街景中，隱約只看到模糊閃爍的路燈，它沒有熄滅，這是在象徵什麼嗎？親愛的朋友朴！還有金！你們現在都在哪裡呢？無盡的霧氣還在流淌。

「等到那新的一天早晨，我們再次深情地握住彼此的手腕吧！」寫下這樣幾個字後，扔進郵筒裡，然後徹夜等待。等待那佩戴著金色徽章、金色鈕扣，像巨人一樣燦爛出現的郵差，和清晨一起愉快來臨。

這個夜晚，霧氣仍然無止境地流動著。

（一九四二年五月十二日）

容易寫成的詩

窗外夜雨綿綿
小小的榻榻米房是別人的國度

明知詩人是悲傷的天命
但還是寫下一行詩

收到父母寄來的學費信封
裡面散發出汗水和慈愛的味道

夾著大學筆記本

去聽老教授的課

回想起來，小時候的朋友
一個、兩個，全都失去蹤影

我指望什麼
只有我一個人獨自沉淪嗎？

都說人生艱難不易
但寫詩卻可以這麼容易
實在是太令人羞愧了

小小的榻榻米房是別人的國度
窗外夜雨綿綿

點亮燈，驅散一點黑暗
最後的我像等待新的時代一般等待早晨的到來

我向自己伸出小小的手
用淚水和安慰初次緊握

（一九四二年六月三日）

春天

春天在血管裡像小溪一樣流淌
小溪附近的山坡上
盛開著迎春花、杜鵑和黃澄澄的白菜花

熬過整個冬天的我
像青草一樣破土而出

快樂的雲雀啊
無論是在哪一處田地，都要快樂地飛翔

蔚藍的天空
渺渺茫茫，如此高遠……

卷三　夜

夜

棚裡的驢子
昂——的一聲哭泣

因為驢聲
孩子哇——的一聲被驚醒

點亮油燈吧

父親給驢子
添加一簸箕草料

63．夜

媽媽給孩子
餵了一口奶
夜又再次沉寂下來

（一九三七年三月）

遺言

明亮的房間裡
遺言是嘴唇無聲的蠕動

——去海邊挖珍珠的兒子
和海女談情說愛的長子
去看看會不會在今晚回來

終生孤獨的父親逝去時
即將閉上的的眼睛裡噙著悲傷

偏遠人家的狗吠叫
皎潔的月亮流淌在窗櫺上的夜晚

（一九三七年十月二十四日）

弟弟的印象畫

紅色的額頭上映著冰冷的月亮
弟弟的臉龐是一幅悲傷的畫

停下腳步
輕輕握著他稚嫩的手
「你長大以後要做什麼？」
「做人啊！」
弟弟的回答是最真實的悲傷

悄悄放開握住的手

重新端詳弟弟的臉龐
清冷的月光浸透了他紅色的額頭
弟弟的臉龐是一幅悲傷的畫

（一九三八年九月十五日）

安慰

蜘蛛這傢伙懷著陰險的心機，在醫院後院的欄杆和花叢之間，那人跡罕至的地方織起了網。接受戶外治療的年輕男子躺著，正好看到那張蜘蛛網——

一隻蝴蝶飛進那片花叢中，卻掛在了網上。蝴蝶黃色的翅膀不住撲動，卻是越纏越緊。蜘蛛飛快地過去，吐出無盡的長絲，將蝴蝶的全身纏住。男人長長地嘆了一口氣。

相較於年紀，男人歷經無數艱苦後失去好時機，且又患病。要如何安慰他——除了把蜘蛛網扯破之外，再也沒有其他安慰的話語。

（一九四〇年十二月三日）

肝

在海邊被太陽直接照射的岩石上
將潮濕的肝臟攤開、晾乾吧

就像從高加索山中逃出來的兔子一樣
圍著它轉圈，守護肝臟吧。

我養了多年的瘦弱的老鷹啊！
過來啄食它吧，安心地

你得長胖

但我得消瘦，可是
烏龜啊！
再也不會陷入龍宮的誘惑
普羅米修斯，可憐的普羅米修斯
因盜火獲罪，脖子上掛著石磨
不斷沉沒的普羅米修斯

（一九四一年十一月二十九日）

山澗水

痛苦的人啊 痛苦的人啊
在衣襬翻飛的波濤裡
在內心深處也有泉水流淌
但這個夜晚無人可以傾訴
無法和街上的噪音唱和
既然坐在溪水邊
就把愛情和萬事都託付給街道
安靜地 安靜地
走向大海
走向大海

（一九三九年）

懺悔錄

綠鏽斑駁的銅鏡中
留存著我的臉孔
這是哪個王朝的遺物
讓人如此羞愧

我要把我的懺悔文縮略成一行
——滿二十四年零一個月
究竟是期盼何種喜樂，讓我活到今日
明天、後天、或者某個快樂的日子

我還要再寫一行懺悔錄
——那時，那麼年輕的我
為何要做如此令人羞愧的告白

每一個夜晚
我用手掌、腳掌
擦拭我的鏡子

那麼獨自走在某顆隕石下的
悲傷背影
就會出現在鏡子裡

（一九四二年）

卷四　八福

八福

《馬太福音》第五章三——十二節

哀慟的人有福了
哀慟的人有福了
哀慟的人有福了
哀慟的人有福了
哀慟的人有福了
哀慟的人有福了
哀慟的人有福了
哀慟的人有福了

哀慟的人有福了
我們將永遠哀慟

（一九四〇年十二月）

不成眠的夜

一、二、三、四
…………
夜
真是太多了

（一九四〇年）

像月亮一樣

就像年輪成長一樣
這個月亮也在成長的寂靜夜晚
像月亮一樣孤獨的愛情
讓內心感到溫暖
又如年輪一樣綻放

（一九三九年九月）

辣椒田

在枯萎的葉片之間
露出鮮紅的身軀
辣椒正如芳華的少女
在驕陽下不停地成熟

老奶奶提著籃子
在田裡蹣跚行走
吸吮著手指的孩子
只能跟在老奶奶身後

（一九三八年十月二十六日）

愛情的殿堂

順啊，妳是什麼時候進來我的殿堂的？
我又是什麼時候進到妳的殿堂？

我們的殿堂
是擁有古風的愛情殿堂

順啊，像母鹿一樣，把水晶眼睛閉上吧
我像獅子一樣，整理好蓬亂的頭髮

我們的愛只不過是啞巴

在神聖燭台的燭火熄滅之前
順啊，妳從前門跑出去吧

在黑暗和狂風襲擊我們的窗戶之前
我懷抱著永遠的愛情
從後門遠遠地消失

此後，妳擁有森林中幽靜的湖水
我則擁有險峻的山脈

（一九三八年六月十九日）

奇跡

正如同黃昏之際，把腳上的累贅都去除之後
走在湖面上一樣
我也可以輕快地走著吧？

沒有人叫我到這湖邊
但我又被叫來
這真是奇跡

尤其是今天
戀情、自我陶醉、猜忌這些東西

總是像金牌一樣
讓人想加以撫摸

可是，我毫不留戀地
把一切都付諸流水時
請你把我呼喚到湖面上吧

（一九三八年六月十五日）

雨夜

唰——波濤聲被窗櫺擊碎
夢悄悄地飄散
睡意就像黑色的鯨魚群一般襲來
怎麼也無法消除
點上燈火用心掖緊睡衣
三更
祈願

覺得憧憬之地的江南會再被困於洪水
這比大海的鄉愁更孤寂

（一九三八年六月十一日）

窗

每到休息時間
我就走向窗邊

——窗戶是鮮活的教誨

把火燒旺吧
寒意已將這個房間浸透

一片楓葉
在不停旋轉

看來是存在小的旋風

然而，當太陽耀眼的光芒
照在冰涼的玻璃窗上時
還是希望上課鐘聲響起

（一九三七年十月）

大海

載過來又灑出去
連海風也如此清涼
像松樹的每根枝椏
翻轉扭曲
海浪捲來
洶湧捲來
越過壟溝的波浪

像瀑布一樣升騰
孩子們聚在海邊
撩起海水洗手

在海鷗的歌聲中……
大海總是變得悲傷

回望再回望
循環不已的大海啊！

（一九三七年九月於元山松濤園）

毘盧峰

俯瞰——
萬象

膝蓋
哆嗦發抖

白樺年幼時
即已蒼老

鳥

變成蝴蝶

雲真的
變成了雨

衣襬
不勝寒涼

（一九三七年九月）

山峽的午後

我的歌聲反而是
悲傷的山鳴
落在山谷路上的影子
太過悲涼
下午的冥想是
啊——疲倦不堪

（一九三七年九月）

冥想

乾澀的頭髮像屋簷的茅草
口哨聲讓鼻梁不是滋味地發癢

將吊窗一樣的眼睛輕輕閉上
此夜，戀情像浸潤的黑暗一樣深深滲透

（一九三七年八月二十日）

驟雨

閃電，雷聲，撼動天地
遙遠的城市似有雷擊
如硯台掀翻的天空
灑下如箭般的雨

我小小的庭院如心情一般
經常變成陰沉的湖水

風像陀螺一樣旋轉

樹木控制不住樹梢
我以虔誠的心
飲一口挪亞時的天空

（一九三七年八月九日）

溫度計

冰冷的大理石柱子上，掛著脖子歪掉的溫度計
擁有可以窺見命運的五尺六寸腰身的
水銀柱
心比玻璃管更加清澈

因為血管單調，變得神經質的輿論動物
偶爾強忍著嚥下如噴泉一般的刺冷
浪費精力

比起寒冷冬天溫度指向零下的房子

向日葵盛開的八月校園更是美麗
熱血沸騰的那一天——

昨天剛下了驟雨，今天卻是個好天氣
我向自己說著悄悄話——
穿上短衣，去往山崗、樹林

我又在不經意間——
也許隨著真實世紀的季節——
奔向只看得見天空的籬笆內
堅守像歷史一樣的位置

（一九三七年七月一日）

風景

背靠春風的草綠色大海
如同傾瀉、如同傾瀉般危險

水波搖曳如細褶裙襬
飛旋極盡輕盈姿態

桅杆頂端的紅色旗幟
如女人飛揚的長髮

**

將這鮮活的風景放在眼前或置於身後
只想一整天如此徘徊
——朝向陰沉的五月天空下
——朝向層層大海顏色繡出的山崗

（一九三七年五月二十九日）

月夜

流淌的月色如白浪般湧動
踩著枯萎的樹影
朝向北邙山走去的腳步如是沉重
與孤獨相伴的心情如是悲傷

總希望有人存在的墓地卻沒有人
只有寂靜，處處被白浪打濕

（一九三七年四月十五日）

市集

清晨，婦女們把枯萎的生活
裝滿一個籃子，頂在頭上……
背著、扛著……抱著、提著……
聚集起來，總是聚集到市集

把貧窮的生活全部攤開
蜂擁而來，蜂擁而去……
每個人都為著生活呼喊……爭戰

用尺、用秤

一整天稱量瑣碎的生活
直到天黑時，婦女們
又頂著艱難的生活回家

（一九三七年春天）

黃昏變成大海

一整天都被蕩漾的碧波
浸沒……浸沒……

那邊——為什麼會有黑色魚群
想要飛渡浸染的大海

變成落葉的海草
每一根都那麼悲傷

西窗上掛著的日落風景畫

像孤兒吸吮衣帶的哀愁
此刻下定決心初次航海
在房間地板上翻來覆去

黃昏變成大海
今天也有很多船
和我一起，沉沒在這樣的波濤裡

（一九三七年一月）

早晨

嚯，嚯，嚯，
牛尾像柔軟的鞭子
驅逐黑暗
漆黑，漆黑，黑暗深沉 接著天色漸亮

此刻這村莊的早晨
像被草料餵肥的牛臀一樣豐腴
這村莊喝了豆粥的人們
揮灑汗水，種植這個夏天

葉子，葉子，每一片葉子都結滿了汗珠
在這個沒有一絲皺紋的早晨
一次又一次地深呼吸

（一九三六年）

晾曬的衣服

兩隻褲管懸垂在晾衣繩上
晾曬著的白衣服在竊竊私語的午後
明媚的的七月陽光如此安靜
只依偎在晾曬著的淡雅衣服上

（一九三六年）

夢碎

在幽深的迷霧中
夢睜開眼睛
歌唱的雲雀
飛逝無蹤
這裡不是過去高唱春天的
青草地
高塔倒塌

紅色的心靈之塔——
用指甲劃過的大理石塔——
一夜間被暴風摧毀
啊啊，荒頽的廢墟
只剩眼淚和哽咽

夢碎
塔毀

（一九三六年七月二十七日）

山林

時鐘輕輕地敲打胸膛
山林呼喚著不安的心靈

擁有千年悠久年輪的幽暗山林
似乎具有擁抱疲憊身軀的因緣

山林的黑色波動從上而下
黑暗踐踏了幼小的心靈

停下腳步

一處 兩處 想要數算黑暗
卻又遼遠茫然

搖晃葉子的晚風
颯——讓人恐懼顫抖

遠處初夏的蛙鳴不絕
流淌的村莊往昔令人恍惚

只有在樹縫中閃爍的星星
引導著我走向新時代的希望

（一九三六年六月二十六日）

這樣的日子

在正門的兩根石柱末端
五色旗和太陽旗跳舞的日子
畫上線條的地區的孩子非常開心

給孩子們學習一整天枯燥的課程
白皙的倦怠襲來
不讓他們瞭解「矛盾」二字
頭腦如此簡單

這樣的日子

想呼叫
已經失去了的頑固哥哥

（一九三六年六月十日）

山上

街道看起來像棋盤
江水如同一條小蛇
爬到山頂上
人們
還像棋子一樣散落

正午的太陽
只照在鐵皮屋頂上
如同蝸牛的慢車在
車站稍作停留後

又吐出黑煙，再次前行
我擔憂像帳篷一樣的天空
是否會倒塌而覆蓋這條街道
於是想爬到更高的地方

（一九三六年五月）

向陽的地方

從那邊吹來帶著黃土的春風
像胡人的紡車一樣迴旋

繽紛的四月太陽伸出手
細細地撫慰那些背對牆壁的委屈心房

在誰是主人都不知道的土地上
兩個孩子玩著爭奪地盤的遊戲
只恨自己的手指太短

別玩了！真擔心原本就微薄的和平
是否會破碎

（一九三六年六月）

雞

越過一間雞舍就是蒼空
忘記了自由鄉土的雞群
心念著枯萎的生活
為生產的勞苦啼叫

有著從陰沉雞舍中湧出的外來種來亨雞
也有在三月晴朗的午後，從學園中湧出的新雞群

雞群為了刨挖融化的堆肥
雅致的雙腳不住奔忙

飢餓的嘴巴十分勤快
兩隻眼睛如熟透般鮮紅

（一九三六年春天）

胸膛（一）

無聲的鼓
鬱悶的時候
用拳頭去敲打吧

即便如此

呼——
還不如一聲
輕輕的嘆息

（一九三六年三月二十五日於平壤）

胸膛（二）

晚秋的寒蟬
停留在樹林裡，因恐懼而顫抖
含著笑意的月亮
逃走了

（一九三五年）

胸膛（三）

抱著熄滅的火盆打轉
冬夜越發深沉

只剩下灰燼的心
在窗紙的聲音中顫抖

（一九三六年七月二十四日）

鴿子

七隻
想抱在懷裡的可愛山鴿
在晴朗到似乎能看到天際盡頭的休息日早晨
在稻作收割後空蕩的田裡
一邊競相啄食眼前的米粒
一邊呼應艱難的故事

細緻的雙翅攪動寂靜的空氣
兩隻鴿子飛走
像是想起了留在家中的孩子

（一九三六年三月十日）

黃昏

陽光從拉門的縫隙中
寫下……又抹去……細長的「一」字

烏鴉群從屋頂上
兩隻、兩隻、三隻、四隻不斷飛過
或快速飛翔，或緩慢移動，飛向北方的天空

我呀……
也想在北方的天空張開翅膀

（一九三六年二月二十五日於平壤）

南方的天空

燕子擁有一對翅膀
在清冷的秋天——

想念母親懷抱的
這個寒霜飛散的夜晚——
幼小的靈魂只能
撲動著小小翅膀的鄉愁
在南方的天空飄蕩——

（一九三五年十月於平壤）

蒼空

那個夏日
熱情的白楊
為觸摸即將到來的
蒼空的藍色胸膛
伸展手臂搖晃
頂著沸騰的太陽
在樹蔭下那一方窄窄的土地
在帳篷般的天空下
喧鬧的驟雨
以及閃電

帶領舞動的雲
逃往南方
高高的蒼空如一幅畫
在樹枝上鋪展
招喚來圓月和大雁

豐饒的童心在理想中燃燒
在他憧憬的秋日
嘲笑凋落的眼淚

（一九三五年十月二十日於平壤）

街道上

月夜的街道
狂風飛舞的
北國街道
都市的珍珠
在路燈下游泳的
小小人魚——我
被月光和燈光照耀
一個身體化成兩、三個影子
一下變大，一下變小

在悲傷的街道
灰色之夜的街道
行走著的這顆心
正颳起旋風
即便孤寂
一層、兩層
盛開的心影
藍色的空想
一下升高，一下降低

（一九三五年一月十八日）

生命與死亡

生命今日也歌頌了死亡的序曲
這首歌何時才能結束

世上的人——
彷彿都在骨頭融化般的生命歌曲中
舞蹈
人們在太陽落山之前
沒有時間思索
這首歌結尾的恐怖

像刻在天空正中央
唱著這首歌的人是誰

還有像驟雨停歇一樣
終止這首歌的人又是誰

死後只剩下白骨的
死亡勝利者的偉人們！

（一九三四年十二月二十四日）

一支燭

一支燭——
聞到在我房間瀰漫的芳香

光明的祭壇坍塌之前
我看到了乾淨的祭品

他那像山羊肋骨一樣的身體
連同他的生命——心志
流淌白玉般的眼淚和血液
焚燒殆盡

即便如是，蠟燭仍然在書桌上晃動
如同仙女舞動著

像看到老鷹的雉鷄一樣
黑暗從窗縫逃走
請享用我房間裡瀰漫的
祭品的芳香

（一九三四年十二月二十四日）

卷五　山鳴

山鳴

喜鵲啼叫
山鳴
沒有人聽見的
山鳴

喜鵲聽到了
山鳴
我獨自聽到了
山鳴

（一九三八年五月）

向日葵的臉

姊姊的臉
是向日葵的臉
太陽剛升起
姊姊就去工作

向日葵的臉
是姊姊的臉
低垂著臉孔
姊姊回到家

（一九三八年）

蟋蟀和我

蟋蟀和我
在草地上說話

唧唧唧
唧唧唧

約好不要告訴任何人
就我們兩個知道

唧唧唧

唧唧唧
蟋蟀和我
在月光明媚的夜晚說話了

（大約寫於一九三八年）

嬰兒的黎明

我們家
連雞都沒有
只是
孩子哭著要吃奶
於是就到了凌晨

我們家
連時鐘都沒有
只是
孩子鬧著要吃奶

於是就到了凌晨

（大約寫於一九三八年）

陽光・風

手指沾上口水
簌，簌，簌
為了想看前往趕集的媽媽
將窗紙
簌，簌，簌

早晨的陽光閃耀
手指沾上口水
簌，簌，簌，簌

為了想看前往趕集的媽媽回家了沒
將窗紙
簌，簌，簌
晚上的風簌簌

（大約寫於一九三八年）

螢火蟲

走吧 走吧 走吧
到樹林裡去吧
為了撿拾月亮的碎片
到樹林裡去吧

除夕夜的螢火蟲
是月亮的碎片

走吧 走吧 走吧
到樹林裡去吧

為了撿拾月亮的碎片
到樹林裡去吧

（大約寫於一九三七年）

兩個都是

大海蔚藍
天空也蔚藍

大海無邊
天空也無邊

向大海扔石頭
向天空吐口水
大海笑逐顏開

天空悄靜無聲

（大約寫於一九三七年）

謊言

篤，篤，篤
請開門
讓我睡一晚吧
夜深天寒
會是誰呢？
打開門一看
小黑狗的尾巴是假的

咯咯咯，咯咯咯
下蛋了

窮苦啊，快出去撿回來啊
窮苦跑過去一看
哪有什麼雞蛋
那隻臭母雞
光天化日之下
撒了漫天大謊

（大約寫於一九三七年）

雪

昨晚
雪下得滿滿的

屋頂
道路，田地
可能是因為怕冷
蓋上被子了吧

所以
只有寒冷的冬天才會飛揚

（一九三六年十二月）

麻雀

秋天結束後，院子裡的白色紙張
麻雀在學寫字

唧唧喳喳，用嘴跟著讀
用兩隻腳練習寫字

但即使一整天學習寫字
可能除了「唧」一個字以外，其餘的都不會寫了

（一九三六年一月二日）

布襪底樣

母親
姊姊用過的習字紙
留著做什麼用

原本沒有想到
但在習字紙上放上我的布襪
用剪刀剪下來
做布襪底樣

母親

我用完的短鉛筆
留著做什麼用

原本沒有想到
但在布上放上布襪底樣
用鉛筆沾上口水畫線
做我的布襪

（一九三六年十二月）

信

姊姊
這個冬天也下了
太多太多的雪

在白色信封裡
裝進一團雪
不要寫字
也不要貼郵票
乾乾淨淨的 就這樣
把信寄出吧？

因為聽說姊姊去的國度
從不下雪

（大約寫於一九三六年十二月）

春天

我們的孩子
在床邊呼嚕呼嚕

貓咪
在竈台上哐噹哐噹

微風
在樹枝上簌簌而過

太陽大叔

在天空的中央火燒火燎

（一九三六年十月）

吃什麼過日子

住在海邊的人
以捕魚為生

住在山溝裡的人
靠烤番薯過活

住在星星上的人
吃什麼過日子

（一九三六年十月）

煙囪

山間茅草屋低矮的煙囪裡
怎麼會在大白天冒出縷縷炊煙

是在烤番薯吧，小夥子們
閃耀著黑眼睛圍坐在一起
嘴唇被木炭塗黑
一個老故事，一個番薯

山間茅草屋低矮的煙囪裡
輕輕散出烤番薯的味道

（一九三六年秋天）

掃帚

這麼剪、那麼剪就變成上衣
這樣剪的話，就成了一把大槍
姊姊和我
用剪刀剪紙
媽媽拿著掃帚
姊姊一下，我一下
打了屁股
說地板很亂——

不對不對

那支掃帚
是不想掃地
才會這樣
太可恨了，把它藏在壁櫥裡
第二天早上媽媽大喊說
掃帚不見了

（一九三六年九月九日）

瓦片夫婦

下雨的夜，瓦片夫婦
許是想起了失去的獨子
撫摸著彎曲的背脊
嗚嗚咽咽地悲傷哭泣

在宮闕的屋頂上，瓦片夫婦
許是想起了美好的舊日時光
撫摸著布滿皺紋的臉孔
默默地望著天空

尿床地圖

掛在晾衣繩上
被子上面繪製的地圖
那是昨晚我弟弟
撒尿繪製的地圖

是在夢裡去過的
媽媽所在的天國地圖？
還是出去賺錢的
爸爸所在的滿洲地圖？

（一九三六年）

小雞

「咯，咯，咯
媽媽，我要喝奶」
小雞的聲音

「咕，咕，咕
知道了，等一下」
母鷄的聲音

稍過一會
小雞

都進了
媽媽的懷裡

（一九三六年一月六日）

貝殼

五彩繽紛的貝殼
是我姊姊在海邊
撿來的貝殼

這裡是北邊的國家
貝殼是可愛的禮物
玩具貝殼

滾來滾去地玩著
失去伴侶的貝殼

思念著另一半啊

五彩繽紛的貝殼
像我一樣想念啊
水聲、海水聲

（一九三五年十二月）

冬季

屋簷下
乾蘿蔔、纓泡菜
沙沙結凍
好冷

路邊
圓圓的馬糞球
噹啷噹啷
結了冰

（一九三六年）

卷六　餐券

餐券

餐券提供一日三餐
廚娘給年輕的孩子們
三個白碗

用大同江的水煮的湯
用平安道的米做的飯
朝鮮的辣椒醬

餐券讓我們吃飽肚子

（一九三六年三月二十日）

雲雀

雲雀在早春時節
不喜歡
泥濘街道的後巷
只喜歡
在晴朗的春日天空
展開一對輕盈的翅膀
唱著妖嬈的春日歌曲
可是
我今天也拖著破了洞的皮鞋
哐噹哐噹地走向後巷

如同小魚一樣的我徘徊不定
因為沒有翅膀和歌曲
心裡頭憋得慌

（一九三六年三月於平壤）

離別

雪融化成水的那天
灰色的天空又散發灰蒙蒙的氣息
還有巨大的火車頭在嗚嗚作響
我小小的心砰砰直跳

離別來得太快，太讓人惋惜
和心愛的人
約好到工作崗位上相見——
在炙熱的手溫和淚珠乾涸之前

火車的車尾已經轉過山腳

（一九三六年三月二十日，致永鉉君）

在牡丹峰

暖風的翅膀輕拂過
凋零的松枝上
正午的陽光滑倒在
混合著寒冰的大同江上

坍塌的城址裡
不懂事的女孩們
用自己也不懂的異國語言
嘰嘰喳喳地跳著

突如其來的汽車，讓人生厭

（一九三六年三月二十四日）

午後的球場

在暮春時節等待著的星期六
午後三點半開往京城的列車
瀰漫著煤煙
呼嘯而過

曾經強烈牽引全身的球
失去了磁力
用一口水
滋潤著火的喉嚨
綽綽有餘

年輕的胸腔裡血液循環頻仍
兩條鐵腿鬆弛下來
伴隨著黑色火車的濃煙
青山
與地氣
一起朝向那邊下沉

（一九三六年五月）

山谷間

群山排成兩列飛奔
急流淺灘喊得喉嚨都沙啞了
仲夏的太陽乘著雲彩
想要飛快地經過這個山谷

就像山上的小牛角一樣
高聳的小岩石聳立
斑牛柔軟的毛
在山脊上長得綠茸茸的

時隔三年回到故鄉的
山谷遊子的腳步
啪嗒啪嗒地把土地踩平
猶如光禿禿的白鶴腿一般

老舊的拐杖盡頭
垂掛在樹枝上
只是喜鵲飛舞著雛鳥的翅膀飛翔
山谷如同遊子的心一般幽靜

（一九三六年夏天）

那個女孩

同時盛開的花朵中
最早成熟的蘋果
最先掉落了

秋風今天也吹拂著

掉在路邊的紅色蘋果
被路過的人撿走了

（一九三七年七月二十六日）

悲哀

隨著寂靜的世紀之月
去往那似乎已知而又未知的地方

像似半夜彈起一般
下了床鋪
獨自漫步在無邊無際的曠野中
這人的心情該有多麼孤獨

啊——這個年輕人
像金字塔一樣悲傷

（一九三七年八月十八日）

波斯菊

清秀的波斯菊
是我唯一的姑娘

月光寒涼的夜晚
因為太過思念昔日的少女
忍不住去往波斯菊盛開的庭園

波斯菊啊
蟋蟀的叫聲都能讓她羞澀

站在波斯菊前面的我
竟也變得像小時候一樣靦腆
我的心是波斯菊的心
波斯菊的心是我的心

（一九三八年九月二十日）

玫瑰病了

玫瑰病了
沒有可移栽的鄰居
要把叮噹作響的孤單馬車
送往山上
還是讓嘟嗚作響的淒涼輪船
將它載往大海
或者是讓螺旋槳喧囂的飛機

載往平流層之上

東想西想
最終卻都作罷

在成長著的兒子夢醒之前
還是將它埋在我的內心深處吧

（一九三九年九月）

空想

空想——
我心中的塔
我默默地加以堆砌
在名譽和虛榮的天空
不知道它會崩塌
層層堆疊

我無限的空想——
那是我心中的大海
我張開雙臂

在我的大海裡
自由泳動
向著黃金般求知欲的水平線

（大約寫於一九三五年十月以前）

沒有明天
——幼小的心靈提問

因為總是問
明天、明天
有人說
當睡醒之後，黎明之時
那就是明天
尋找新的一天的我睡了一覺
再次回想
發現那個時刻不是明天
而是今天
兄弟啊！朋友們！

怎麼會沒有明天
……………………

（一九三四年十二月二十四日）

口袋

口袋
擔心著
沒有東西可放

到了冬天
塞滿我握緊的兩個拳頭

（一九三六年）

狗

狗
在白雪上
思念著花
跳躍

（一九三六年）

故鄉的家

——在滿洲呼喚

拖著舊草鞋
我為什麼來到這裡
越過圖們江
來到這淒冷之地

那南方的天空下
是我溫暖的故鄉
我媽媽生活的地方
思念的故鄉的家

（一九三六年一月六日）

秋夜

陰雨綿綿的秋夜
赤裸著身子
從被褥中起身
站在簷廊的地板上
假裝沒事
唰——地尿了出來

（一九三六年十月二十三日）

樹木

樹木舞動的話
風也隨之颳起
樹木安靜下來的話
風也隨之入眠

（大約寫於一九三七年）

蘋果

一顆紅色的蘋果
分給父親、母親
姊姊和我
從表皮到果籽
毫無遺漏地吃光

（大約寫於一九三六年）

尹東柱（1917-1945）

一九一七年十二月三十日出生於滿洲北間島明洞村，父親尹永錫、母親金勇，四兄妹中的長子。經明洞小學、恩津中學後編入平壤崇實中學，但學校因拒絕參拜神社事件被關閉後，畢業於光明中學，後進入延禧專門學校文科。之後前往日本考入東京立教大學英文系，另插班京都東棲大學英文系。

他從十五歲開始寫詩，在延吉發行的《天主教少年》中發表了多篇童詩，此外還在《朝鮮日報》、《京鄉新聞》等報紙發表，並參與了文藝雜誌《新明洞》的發行。大學時期原挑選十九首詩準備出版詩集，但在擔心他安全的老師和朋友們的勸阻下予以保留。

一九四三年，他作為謀畫獨立運動的思想犯被日本警方逮捕，並被判處有期徒刑兩年。一九四五年二月十六日，在朝鮮光復的六個月前，死於福岡刑務所，後埋葬在故鄉龍井。據推測，他的死因是日本帝國主義的活體實驗注射導致的結果，但到目前為止還沒有明確查明他的死亡原因。

一九四八年收集了他三十一篇遺稿，以《天空、風、星星和詩》為題發行，一九六八年在韓國延世大學內樹立了他的詩碑。

文學叢書 705

INK PUBLISHING

天空、風、星星和詩

作者	尹東柱
譯者	盧鴻金
總編輯	初安民
責任編輯	林家鵬
美術編輯	陳淑美
校對	林家鵬
發行人	張書銘
出版	INK 印刻文學生活雜誌出版股份有限公司 新北市中和區建一路249號8樓 電話：02-22281626 傳真：02-22281598 e-mail：ink.book@msa.hinet.net
網址	舒讀網 www.inksudu.com.tw
法律顧問	巨鼎博達法律事務所 施竣中律師
總代理	成陽出版股份有限公司 電話：03-3589000（代表號） 傳真：03-3556521
郵政劃撥	19785090 印刻文學生活雜誌出版股份有限公司
印刷	海王印刷事業股份有限公司
港澳總經銷	泛華發行代理有限公司
地址	香港新界將軍澳工業邨駿昌街7號2樓
電話	852-2798-2220
傳真	852-2796-5471
網址	www.gccd.com.hk
出版日期	2023年 6 月 初版
ISBN	978-986-387-653-3
定價	300元

Published by INK Literary Monthly Publishing Co., Ltd.

國家圖書館出版品預行編目(CIP)資料

天空、風、星星和詩／尹東柱 著；盧鴻金 譯
--初版. --新北市中和區：INK印刻文學，2023. 06
面； 14.8×21公分. --（文學叢書；705）
ISBN 978-986-387-653-3（平裝）

862.516 112005003

舒讀網